L'ATTAQUE DES ROBOTS

L'ATTAQUE DES ROBOTS

GREG FARSHTEY

Texte français d'Hélène Pilotto

Éditions
SCHOLASTIC

Catalogage avant publication
de Bibliothèque et Archives Canada

Farshtey, Greg
L'attaque des robots / Greg Farshtey;
texte français d'Hélène Pilotto.
(Exo-force; 2)

Traduction de : Attack of the robots.
Pour les 6-8 ans.
ISBN 978-0-545-99513-9

I. Pilotto, Hélène II. Titre. III. Collection : Farshtey, Greg Exo-force; 2.

PZ23.F28At 2007   j813'.54   C2007-904039-X

Édition publiée par les Éditions Scholastic,
604, rue King Ouest, Toronto (Ontario) M5V 1E1.
5 4 3 2 1   Imprimé au Canada   07 08 09 10 11

CHAPITRE 1

Meca One, le chef de la révolte des robots, se tient debout sur une passerelle surplombant une armée de robots Devastator. C'est aujourd'hui que le cours de l'histoire va changer sur le mont Sentai. Meca One est enfin prêt à dévoiler la mystérieuse machine de combat qui permettra aux robots de vaincre les humains, une fois pour toutes.

À une autre époque, les humains régnaient sur toute la montagne. Ils avaient construit des robots pour leur confier des tâches dangereuses et faciliter l'exploitation des mines. Mais un jour, tout a basculé. Les robots des mines sont devenus malfaisants et se sont révoltés contre les humains. L'énergie libérée lors du combat a été si puissante qu'elle a coupé le mont Sentai en deux!

Les humains ont remporté ce premier

combat et ont forcé les robots à se retrancher tout au fond de la gorge qui sépare les deux moitiés de la montagne. Une fois les robots partis, la paix est revenue dans les villages. Les humains ont construit des ponts pour relier à nouveau les deux côtés de la montagne. Mais leur victoire a été de courte durée. Les robots ont recommencé leurs assauts et ont réussi à prendre le contrôle du versant sud.

Depuis ce temps, les humains et les robots se livrent bataille, surtout autour des ponts, car quiconque contrôle les ponts contrôle aussi la montagne.

Mais à présent, le conflit tire à sa fin. Grâce à sa nouvelle machine de combat, l'armée des robots pourra prendre d'assaut les ponts et

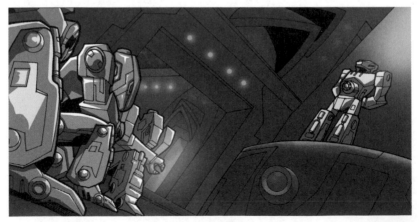

même attaquer directement la forteresse de Sentai. La forteresse, c'est le quartier général de l'équipe EXO-FORCE, un escadron de pilotes spécialement entraînés pour protéger le versant nord de la montagne, celui des humains. Mais ce bastion aussi sera anéanti aujourd'hui.

Meca One jette un regard à la ronde. Les robots ont travaillé fort pour en arriver là. Tous les pilotes robots Devastator sont réunis et attendent la nouvelle. Le moment est venu de leur apprendre ce que l'avenir réserve à l'armée des robots.

— Unités de combat Devastator, préparez-vous à recevoir de l'information, annonce Meca

One. Analyse : les machines de combat EXO-FORCE seront incapables de vaincre l'engin que vous allez bientôt découvrir. Conclusion : la forteresse de Sentai va tomber sous la puissance du… Venin foudroyant!

Soudain, toutes les lumières de la salle s'allument et révèlent une machine de combat à nulle autre pareille. Le Venin foudroyant est une gigantesque machine à quatre pattes, qui ressemble à une araignée verte et noire. Chacune de ses pattes mesure au moins 20 mètres de haut et comporte une énorme griffe pouvant s'agripper à n'importe quelle surface. Au-dessus de chaque griffe se trouve un poste de combat

pouvant accueillir un robot Drone de fer. Le poste de combat permet au robot de se déplacer en toute sécurité et lui sert aussi de ministation de recharge d'énergie.

Cependant, le pouvoir véritable du Venin foudroyant n'est pas dû à sa taille ni même aux distances phénoménales qu'il peut franchir en quelques secondes. Il se trouve plutôt au centre de la machine de combat. Le poste de pilotage, doté de canons laser automatiques, est protégé par deux Drones de fer. Pour le moment, il est vide. Chaque robot Devastator est occupé à calculer ses chances d'être choisi par Meca One pour conduire le blindé géant au combat.

Mais Meca One a prévu autre chose.

— C'est moi-même qui piloterai le Venin foudroyant, déclare le robot doré. La forteresse de Sentai sera réduite en poussière. Quand nous aurons pris les deux versants de la montagne, nous marcherons sur les villages des humains. Nous leur imposerons la logique, l'ordre et les lois des robots. Ils apprendront à obéir aux espèces supérieures.

Aucune acclamation, aucun cri de victoire n'accompagne cette déclaration. Incapables de ressentir la moindre émotion, les robots restent debout, silencieux. Mais leurs processeurs s'activent à évaluer rapidement toutes les issues possibles du combat qui est sur le point de commencer. Et chaque fois, le résultat est le même...

L'ère des humains est terminée. Place à l'ère des robots.

光　　光　　光

Hikaru, aux commandes de la Frappe silencieuse, vole très haut au-dessus de la salle de tests EXO-FORCE. C'est la sixième fois qu'il essaie d'exécuter une manœuvre très complexe et, jusqu'à présent, il n'y est toujours pas arrivé malgré ses efforts.

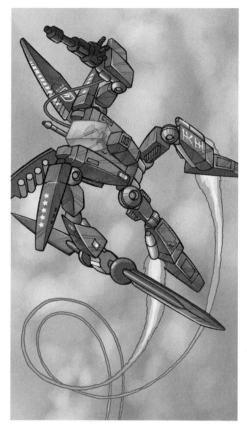

Faire une large boucle, tournoyer, foncer... tirer, se répète-t-il sans cesse. Avec la Guêpe furtive, son ancienne machine de combat, cela aurait été facile. Mais la Frappe silencieuse est plus rapide et plus puissante, et Hikaru ne la maîtrise pas encore parfaitement. Il tente encore de faire une boucle, mais une fois de plus, il n'arrive pas à se repositionner pour atteindre sa cible. Il doit apprendre à contrôler cette machine le plus vite possible s'il veut l'utiliser dans un vrai combat.

Tout à coup, la voix de Takeshi retentit dans la radio du poste de pilotage.

— Hikaru! Nous avons besoin de toi au sol!

Hikaru jette un coup d'œil en contrebas et aperçoit son ami Takeshi qui lui fait signe de la main. Il fait atterrir la Frappe silencieuse et en sort.

— Que se passe-t-il, Takeshi? Je m'exerçais à exécuter de nouvelles manœuvres.

— Tous les entraînements sont annulés, sur ordre du Sensei Keiken, répond Takeshi. Tous les pilotes EXO-FORCE doivent se présenter immédiatement à une réunion d'information urgente.

Les deux jeunes hommes se ruent dans le couloir menant à la salle de réunion principale. Les autres pilotes sont déjà présents. Sensei Keiken et Ryo, le meilleur ingénieur de l'équipe EXO-FORCE, sont debout sur la plate-forme.

— Nous devons discuter de plusieurs choses, alors ne perdons pas de temps, déclare le Sensei. Ryo, montre-nous ce que tu as trouvé, s'il te plaît.

Ryo allume l'écran principal. On voit alors apparaître un diagramme illustrant la quantité d'énergie utilisée par les robots, à l'affût dans leur forteresse. Les données sont fournies par des  détecteurs spéciaux installés tout en haut de la montagne. Les colonnes du diagramme sont à peu près toutes de la même hauteur, sauf la dernière, qui est beaucoup plus haute.

— C'est un pic de tension, explique Ryo en désignant la dernière colonne. Nous pensons que les robots ont construit la plus grosse machine de combat que nous ayons jamais vue. Grâce aux esquisses que nous avons rapportées de nos missions de reconnaissance, nous avons pu dresser le plan de la nouvelle machine des robots : le Venin foudroyant.

Les pilotes échangent des regards inquiets. Sensei Keiken fait un signe de tête à Ryo, qui fait apparaître à l'écran les plans de la machine.

— Nos ingénieurs ont étudié le Venin foudroyant dans l'espoir de connaître sa puissance réelle et de trouver la manière de le vaincre. J'ai le regret de vous annoncer que nous ne lui avons découvert aucun point faible jusqu'à présent.

Ryo éteint l'écran. Keiken prend le temps de se calmer avant de continuer à parler.

— Le Venin foudroyant est la plus grande menace que nous ayons jamais affrontée. Si nous sommes incapables de l'arrêter, j'ai bien peur que l'équipe EXO-FORCE et la forteresse de Sentai soient toutes deux détruites. Les robots pourront alors marcher à leur guise sur tous les villages. L'avenir de l'humanité dépend de ce que nous allons faire aujourd'hui.

L'un des pilotes se lève.

— Je croyais que les robots ne pouvaient pas inventer de nouvelles machines de combat... que la seule chose qu'ils pouvaient faire, c'était récupérer les idées de leurs prisonniers humains, n'est-ce pas?

— C'est exact, répond Keiken. La personne qui a eu l'idée du Venin foudroyant doit faire partie des prisonniers qui se trouvent sur l'autre versant de la montagne. Malheureusement, nous n'avons pas le temps d'effectuer une opération de sauvetage. Les détecteurs de Ryo montrent que les robots sont déjà en route... et nous devons les arrêter avant qu'ils atteignent cette forteresse.

Keiken regarde le groupe de pilotes, comme si c'était la dernière fois qu'il les voyait.

— Tous à vos machines de combat, et préparez-vous pour l'affrontement! Énergie maximale!

CHAPITRE 2

L'alarme retentit déjà quand Takeshi et Hikaru grimpent à bord de leurs machines de combat, le Traqueur titan et la Frappe silencieuse. Le Venin foudroyant a été aperçu se dirigeant vers l'un des ponts qui enjambent la gorge. Une armée de robots le précède. Elle est formée de Sentinelles, de Robots béliers R-1, de Fureurs éclair, de Fantômes soniques et de Vautours brûlants. Meca One a lancé son armée au grand complet dans cette attaque.

— Le grand jour est arrivé, déclare Hikaru dans la radio. Takeshi, au cas où nous ne reviendrions pas, je veux que tu saches...

— Nous allons revenir, le coupe Takeshi en souriant. Il le faut. N'oublie pas que, depuis notre dernier entraînement au combat, tu dois me laisser prendre ma revanche. Tu ne vas pas t'en tirer aussi facilement.

Les deux amis sortent du hangar, prêts pour le combat. Mais ils ne sont pas seuls. Des ingénieurs s'affairent à terminer des barrières construites à la hâte pour renforcer le pont Tenchi. Dans le ciel comme au sol, plusieurs pilotes humains sont aux commandes de leur machine et s'exercent à exécuter des manœuvres de combat. Ils encombrent les circuits de communication avec leurs rapports sur l'état de leurs armes. Des tireurs au canon laser sont postés tout en haut des murs de la forteresse de Sentai. Dans son Défenseur de porte, Ha-Ya-To survole le pont Tenchi et reste aux aguets.

Ryo est à l'extérieur du hangar. À bord de son blindé Uplink, il fait un réglage de dernière

minute sur le véhicule de défense mobile.
Lorsqu'il a terminé, il descend et passe aux
commandes.

Takeshi scrute l'horizon. Même si le Venin
foudroyant est encore loin, il semble être juste
au-dessus de lui. Takeshi parvient même à
deviner la silhouette des centaines de machines
de combat qui précèdent le Venin foudroyant.
Comment l'équipe EXO-FORCE survivra-t-elle
à un combat contre une armée de cette taille? Et
comment pourra-t-elle encore avoir la force de
détruire le Venin foudroyant?

À moins que nous n'attaquions pas l'armée des robots de front... songe-t-il. *Si nous l'attaquions par-derrière?*

Sa décision est prise. S'il peut vaincre le Venin foudroyant, au risque d'y laisser sa peau, alors le combat sera terminé avant même d'avoir commencé. Il sait que les autres pilotes s'empresseraient de le dissuader de mettre ce plan à exécution. Par chance, ils sont tous trop occupés et ne le voient pas filer en douce.

Au revoir, Hikaru, se dit-il. *Tu as risqué ta vie pour sauver ma famille, prisonnière des robots. C'est bien la moindre des choses que je risque la mienne pour te sauver, toi et tous les autres ici.*

Takeshi réfléchit rapidement. Il y a peu de temps, des robots regroupés en équipe d'assaut ont surpris les humains en surgissant d'un tunnel qu'ils avaient creusé à même la montagne. Ils sont apparus juste devant la barrière d'un pont. Takeshi a aidé l'équipe EXO-FORCE à les repousser et à sceller le tunnel. À présent, il va utiliser ce tunnel pour surprendre l'armée qui approche.

J'espère qu'ils aiment les surprises, songe-t-il, *parce que celle-ci en sera une de taille.*

À l'aide de son canon laser rotatif, il fait exploser les décombres qui bouchent l'entrée du tunnel. Au moment où il s'y engouffre, il prend conscience que c'est peut-être la dernière fois qu'il participe à un combat.

光 光 光

Le combat a commencé! Les premières lignes de Sentinelles testent les défenses des humains en faisant des raids éclair contre la barrière centrale du pont Tenchi. Les gardes humains parviennent chaque fois à contrer les attaques, mais au prix d'une dépense de précieuse énergie laser. Si les piles des canons laser devaient se vider durant le combat, plus rien n'empêcherait les robots de franchir les barrières.

Haut dans le ciel, Hikaru et son escadron combattent les Vautours brûlants et les Fantômes soniques. Les robots ne se défendent pas avec beaucoup d'habileté et ne suivent pas vraiment de plan de bataille.

Ils se contentent de nous occuper, réfléchit Hikaru. Ils veulent laisser le temps au Venin foudroyant de se mettre en position. Le pire, c'est que ça marche!

L'un des canons fixés au-dessus du poste de pilotage du Venin foudroyant lance une

décharge. Le tir touche le sol près d'un des ponts, creusant un cratère de près de 100 mètres de diamètre. À bord de sa Frappe silencieuse, Hikaru frissonne.

Comment pouvons-nous espérer vaincre une machine aussi monstrueuse?

光 光 光

Dans les profondeurs de la terre, Takeshi a franchi la première moitié du tunnel des robots. Il se trouve maintenant au pied d'un petit pont de bois qui relie les versants nord et sud de la montagne.

Il traverse le pont et descend dans la deuxième moitié du tunnel. Cette partie débouche sur le versant robot de la montagne, mais Takeshi n'a pas l'intention de se rendre jusque-là. Il jette un coup d'œil à ses détecteurs, mais il est si loin sous terre que les appareils donnent des informations embrouillées. Malgré les parasites, Takeshi réussit à obtenir la position approximative du Venin foudroyant, tout en haut. S'il perce un tunnel à travers la montagne à cet endroit précis, il émergera juste derrière la machine de combat.

Il vise le plafond du tunnel avec son canon laser et tire, provoquant une pluie de pierres et de poussière.

On monte, se dit-il. *Prochain arrêt, l'araignée robot géante.*

Il tire encore et encore, se creusant peu à peu un chemin vers la surface. Lorsque le nouveau tunnel est assez long, Takeshi manœuvre les pinces puissantes du Traqueur titan pour qu'elles s'agrippent aux parois de pierre et que sa machine se hisse dans le tunnel. Takeshi surveille ses détecteurs pendant que le Traqueur titan continue son escalade. Le Venin foudroyant a cessé d'avancer! Pour Takeshi,

c'est peut-être la seule chance de le vaincre. Takeshi accélère le rythme pour gagner la surface.

光　　光　　光

— Attention, toute l'équipe! Je vais avoir besoin de plus de temps pour examiner le Venin foudroyant si je veux trouver le moyen de le vaincre!

Le message de Ryo retentit dans les haut-parleurs des autres pilotes EXO-FORCE. Son message est clair : ils vont devoir faire gagner du temps à Ryo en empêchant l'armée de robots de progresser davantage sur les ponts.

L'équipe super entraînée passe à l'action. Les Guêpes furtives utilisent leurs fusils laser pour abattre des arbres et provoquer des éboulements de pierres sur la route des robots. Ryo s'approche du Venin foudroyant afin de l'examiner de plus près; avec son véhicule de défense mobile, il fauche au passage des douzaines de Sentinelles et se fraye un chemin.

Meca One n'avait pas prévu que l'équipe

EXO-FORCE allait se lancer dans ce genre d'action. Les processeurs du robot s'activent aussitôt.

Conclusion : Si les membres d'EXO-FORCE passent à l'offensive, c'est qu'ils doivent avoir trouvé un moyen de contrer le Venin foudroyant.

Ryo sourit en constatant que le Venin foudroyant cesse d'avancer.

Bon travail, l'équipe, se dit-il. *Grâce à vous, les gars, je bénéficie d'un peu plus de temps.*

Ryo et son copilote conduisent le véhicule de défense mobile plus près du Venin foudroyant. C'est une manœuvre risquée, mais c'est aussi la seule façon de trouver le point faible de la gigantesque machine. Le blindé doit se frayer un chemin parmi les machines de combat des robots postées sur le pont. Dès qu'une voie s'ouvre, d'autres robots avancent pour la fermer. Ryo est enfin suffisamment près du Venin foudroyant. Derrière son blindé, la voie vers la forteresse de Sentai est jonchée de robots en morceaux.

Le Venin foudroyant est encore plus robuste qu'il ne semblait l'être sur les plans. Selon les calculs de Ryo, le blindage de la gigantesque machine de combat a au moins 30 centimètres d'épaisseur, et peut-être même plus. Les canons laser installés sur le dessus sont plus puissants que tout ce que les robots ont pu construire auparavant. À côté du Venin foudroyant, les machines de combat des humains ont l'air de jouets.

Ryo vise et tire de toutes ses armes en direction de la machine robot géante.

Si ceci doit être le dernier combat de l'équipe EXO-FORCE, se dit-il, *au moins, nous tomberons en nous battant.*

Les tirs rebondissent sur le blindage du Venin foudroyant. L'un des canons laser de l'énorme machine se tourne vers le véhicule de défense mobile et tire une décharge qui vient frapper le sol juste devant lui. La décharge suivante souffle le blindé et lui fait faire des tonneaux. Ryo et son copilote réussissent à s'en extirper et à se mettre à l'abri.

Deux tirs, songe Ryo. *Il a fallu seulement deux tirs au Venin foudroyant pour endommager gravement le blindé. Il va nous falloir un miracle pour remporter ce combat.*

CHAPITRE 3

Meca One vérifie ses détecteurs. Le combat a repris de plus belle. Les pilotes d'EXO-FORCE commencent à battre en retraite, mais ils continuent à se défendre furieusement. Il est temps que le Venin foudroyant franchisse le pont Tenchi et qu'il mette un terme à ce combat, une fois pour toutes. Meca One appuie sur les boutons de commande et remet sa machine en marche.

Tout à coup, des signaux d'alarme retentissent à l'intérieur du poste de pilotage. Les détecteurs avertissent qu'une machine de combat ennemie – le Traqueur titan – attaque par-derrière!

Meca One appuie sur un bouton rouge. Automatiquement, toutes les armes se braquent sur le nouvel attaquant. Puis une voie de communication s'établit entre Meca One et les

Drones de fer qui sont installés sur les pattes et sur le corps du Venin foudroyant.

— Ouvrez le feu sur le Traqueur titan, ordonne Meca One. Il faut l'arrêter!

Le Traqueur titan a émergé d'un tunnel situé quelques mètres à peine derrière le Venin foudroyant. Comme Takeshi l'espérait, il n'y a aucune autre machine de combat à proximité. Seulement lui et la machine de combat suprême des robots.

Allons-y, se dit Takeshi. *Cette leçon fera peut-être comprendre aux robots qu'il ne faut pas se présenter chez les gens sans avoir été invité.*

Il envoie plusieurs décharges à l'aide des canons laser du Traqueur titan, en prenant soin de viser les articulations, là où les pattes de « l'araignée » sont fixées au corps. Il vise juste, mais les jointures blindées sont presque aussi solides que le reste de la machine de combat. Le Traqueur titan parvient à causer quelques égratignures au Venin foudroyant, mais ne peut rien pour arrêter la monstrueuse machine.

Bon, c'est le moment de sortir le plan B, songe Takeshi. *Dommage que je n'en aie pas prévu un.*

Les Drones de fer installés sur les pattes ouvrent le feu avec leurs lasers à main. Takeshi riposte, les forçant à abandonner leur position et à se mettre à l'abri. Mais la victoire de Takeshi est de courte durée. À présent, il est lui-même dans la ligne de mire du Venin foudroyant. Le premier tir le rate, mais l'onde de choc qui s'en dégage suffit à faire tomber le Traqueur titan.

Comme le Venin foudroyant s'apprête à tirer de nouveau, il est frappé par une décharge venant de devant. Takeshi aperçoit alors Ryo, debout sur le véhicule de défense mobile tout abîmé, qui vise et tire en manipulant l'arme du véhicule.

Rendons les choses plus intéressantes, songe Takeshi, et il pointe son canon laser vers le Venin foudroyant.

— Takeshi! Mon copilote et moi, nous devons sortir d'ici! lance Ryo par radio. Le blindé est fichu et les piles du canon laser sont à plat. Rentre avec nous!

— Allez-y, répond Takeshi. Moi, j'ai encore du travail à faire ici.

Ryo approuve, mais Takeshi sent bien qu'il le fait à regret. Ryo et son copilote s'engouffrent dans le tunnel que Takeshi a creusé. Avec un peu de chance, ils réussiront à retourner à la forteresse en toute sécurité.

En voyant la patte avant droite du Venin foudroyant s'élever pour faire un pas vers le pont Tenchi, Takeshi a subitement une idée. Il tire une décharge au sol, à l'endroit exact où la patte de « l'araignée » va se poser. Quand le Venin foudroyant avance vers le cratère créé par le tir de Takeshi, il perd l'équilibre.

— Traqueur titan, un. Venin foudroyant, zéro! clame Takeshi. La prochaine fois, regarde où tu poses les pieds, tas de boulons!

Takeshi saisit l'occasion pour passer à l'attaque. Il attrape l'une des pattes du Venin foudroyant à l'aide de la pince à impulsions électromagnétiques de sa machine de combat. La pince a la particularité d'envoyer dans la machine ennemie une décharge d'énergie suffisamment forte pour éteindre tous les systèmes pendant un moment. Si tout se passe bien, le Venin foudroyant ne sera plus qu'un gros tas de ferraille.

À l'instant où Takeshi relâche l'impulsion, des signaux d'alarme se font entendre dans le poste de pilotage du Traqueur titan. Quelque

chose ne va pas! Le Venin foudroyant a réussi à repousser l'impulsion. Résultat : le Traqueur titan est frappé par sa propre impulsion électromagnétique!

Instantanément, les écrans des détecteurs s'éteignent et tous les systèmes de défense se ferment.

Oh, non! pense Takeshi. *Le Traqueur titan ne pourra pas redémarrer avant 15 minutes. Et le Venin foudroyant ne me laissera pas faire de pause!*

光　　光　　光

Haut dans le ciel, tout près de la forteresse d'EXO-FORCE, Hikaru lutte pour sa survie.

La tactique de l'équipe EXO-FORCE a permis de ralentir la progression des robots pendant un moment, mais ce n'est plus le cas à présent. Si une machine de combat robot est endommagée, les autres qui arrivent derrière se contentent de la pousser de côté et continuent à avancer. Pour que l'armée puisse poursuivre sa route, des ingénieurs robots libèrent le passage en faisant sauter des tas de pierre et de débris.

Depuis tous ces mois qu'il est pilote EXO-FORCE, Hikaru n'a jamais vu autant de machines de combat en action. Il a l'impression que, pour chaque Vautour brûlant qu'il réussit à abattre, six autres apparaissent. Il utilise tellement son fusil laser qu'il craint que le canon ne se mette à fondre. Et pourtant, l'ennemi continue toujours à affluer, déterminé à détruire la forteresse de Sentai.

Un éclair rouge attire l'attention d'Hikaru. Quelque chose traverse le ciel comme une fusée et se dirige droit sur la forteresse. Les détecteurs de la Frappe silencieuse se mettent à grésiller, signe qu'ils ont identifié l'objet volant. C'est le Traqueur titan!

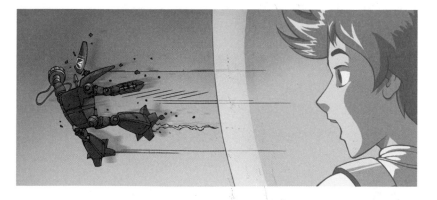

Une minute, songe Hikaru. *Le Traqueur titan ne vole pas!*

Il active tous les réacteurs de la Frappe silencieuse et s'élance à sa poursuite. En s'approchant, il constate qu'effectivement, le Traqueur titan ne vole pas. Il tournoie dans le ciel comme si quelque chose l'avait projeté à toute vitesse... et la seule machine de combat assez puissante pour faire cela, c'est le Venin foudroyant. Si Hikaru n'attrape pas le Traqueur titan à temps, il va s'écraser sur la forteresse d'EXO-FORCE.

Tant que je serai là, personne ne jouera aux quilles avec le Traqueur titan, songe Hikaru. *Je vais l'attraper, au risque de m'écraser, moi aussi.*

La Frappe silencieuse accélère dans le sillage du Traqueur titan. Elle vole si vite qu'Hikaru a peine à en garder le contrôle. Mais il s'approche un peu plus de son but, à chaque seconde.

Allez, allez, se dit Hikaru. *Encore un peu plus près... Je l'ai presque!*

Les mains de la Frappe silencieuse attrapent le bras du Traqueur titan. Aussitôt, des alarmes se déclenchent dans toute la machine de combat d'Hikaru. La vitesse folle du Traqueur titan menace de détruire la Frappe silencieuse. Hikaru active les rétrofusées de sa machine, qui agissent comme des freins. Peu à peu, les deux machines de combat se mettent à ralentir.

Tout en bas, Ryo et son copilote sortent du tunnel. Lorsqu'il se rend compte de ce qui se passe, Ryo accélère sa course vers la forteresse pour y récupérer son blindé Uplink.

Takeshi et Hikaru vont avoir besoin de mon aide, se dit-il. *S'ils sont encore vivants, bien sûr!*

La Frappe silencieuse maintient toujours le Traqueur titan pendant qu'Hikaru s'affaire à la manœuvrer pour se poser. L'atterrissage est brutal mais réussi. Le Traqueur titan est abîmé, bosselé et craquelé… et Takeshi n'a pas bonne mine, lui non plus. Hikaru conduit le Traqueur titan dans le hangar, où il trouve Ryo qui l'attend pour effectuer les réparations.

— Il me faudra plusieurs semaines pour le remettre en état! s'exclame Ryo en examinant les dommages.

Takeshi cligne des yeux.

— Tu n'as pas… des semaines… devant toi, Ryo. Tu as… quelques minutes.

— Est-ce que ça va? demande Hikaru en aidant Takeshi à s'extirper du Traqueur titan. Que s'est-il passé?

— J'ai essayé de vaincre le Venin foudroyant par moi-même, répond Takeshi. Mais il m'a jeté de côté comme un détritus.

— Tu es fou! réplique Hikaru. Tu aurais pu y laisser ta peau! Et dans quel but? Aucune machine de combat ne peut vaincre seule le Venin foudroyant!

Takeshi sourit d'un air entendu.

— Tu as tort, Hikaru. C'est vrai que j'ai été malmené et que ma machine de combat est pitoyable, mais cela valait tout de même la peine.

— Pourquoi? demande Hikaru.

— Parce que je sais maintenant comment vaincre le Venin foudroyant, répond Takeshi. Et nous allons le faire ensemble.

CHAPITRE 4

— Repliez-vous! Repliez-vous! crie Ha-Ya-To dans le microphone de son poste de pilotage.

De l'endroit où il se trouve, juste devant la forteresse de Sentai, il sait que l'équipe EXO-FORCE est en train de perdre le combat. Des Sentinelles ont franchi les barrières du pont Tenchi et se dirigent vers la forteresse. Des pilotes humains ont été contraints d'abandonner leurs machines de combat endommagées. Pire encore, le Venin foudroyant commence, lui aussi, à avancer sur le pont.

Les machines de l'équipe EXO-FORCE se mettent à battre en retraite vers la forteresse, sans pour autant cesser le combat. Les humains sont inférieurs en nombre et en puissance. Le mieux qu'ils puissent faire, c'est essayer de retarder l'attaque des robots.

Peut-être pourrions-nous attaquer l'ennemi

sur un autre front? songe Ha-Ya-To. *Pour l'instant, il ne nous reste qu'à espérer.*

— Formez une ligne de notre côté du pont Tenchi! ordonne Ha-Ya-To dans le micro de son poste de pilotage. Visez les bras et les jambes des machines de combat, là où le blindage est le plus mince! Utilisez tous vos lasers!

光　　光　　光

De l'intérieur de la forteresse, Sensei Keiken observe le combat. Il n'a jamais été aussi inquiet pour l'avenir de l'humanité qu'aujourd'hui. En même temps, il n'a jamais été aussi fier des membres de l'équipe EXO-FORCE. À leurs débuts, ils n'étaient que de jeunes pilotes inexpérimentés qui ne savaient pas comment travailler ensemble. À présent, ils se battent comme des vétérans et montrent aux robots à quel point les humains peuvent être braves.

— Sensei, vous devez quitter les lieux, lui dit son assistant. Les robots vont atteindre la forteresse d'une minute à l'autre! Il ne faut pas qu'ils vous capturent!

— Où sont Takeshi, Hikaru et Ryo? demande le Sensei.

— Dans le hangar principal. Le Traqueur titan a été gravement endommagé et Ryo essaie désespérément de le réparer.

Le Sensei hoche la tête.

— Quelle que soit l'issue de ce combat, nous aurons appris quelque chose.

— Quoi donc, Sensei?

— Nous ne pouvons pas vaincre les robots en utilisant la même puissance et les mêmes armes qu'eux. Ils réussiront toujours à mettre au point de nouvelles machines de combat... et cela plus vite que nous. Si nous nous contentons d'essayer simplement de les vaincre, nous perdrons. Nous devons être plus malins qu'eux.

— Mais comment? demande l'assistant, l'air confus.

— Nous devons trouver une nouvelle forme de puissance... quelque chose que les robots ne peuvent pas maîtriser. Il y a longtemps, j'ai entendu parler d'un endroit... Bien des gens croient qu'il s'agit d'un mythe, mais si cet endroit existe vraiment, nous devons le trouver. C'est peut-être là qu'est la clé qui nous permettra de vaincre l'armée des robots.

Sensei Keiken tourne les talons et se dirige vers le hangar principal.

— Nous partirons à sa recherche... si nous survivons à ce combat.

Hikaru inspire profondément et s'adosse au mur du hangar. Cela ne fait plus de doute : son ami Takeshi a perdu la raison.

— Tu veux retourner là-bas, affronter le Venin foudroyant dans un blindé qui ne tient que par du fil de fer et beaucoup d'espoir? demande Hikaru. Et tu crois que c'est ainsi que tu pourras – pardon, que *nous* pourrons – vaincre ce tas de boulons, haut de six étages?

— C'est exact, répond Takeshi en souriant.

Hikaru s'adresse à Ryo.

— Dis-moi qu'il a reçu un coup sur la tête.

— Cela n'y changerait rien, ricane Ryo. Il a la tête si dure qu'il ne s'en rendrait même pas compte.

Takeshi se penche par-dessus l'épaule de Ryo pendant que celui-ci travaille.

— Tu dois fixer le canon laser de cette façon. Si tu le fixes ainsi…

— … tu survivras au combat? le coupe Ryo, avec plus qu'un soupçon d'incertitude dans la voix. Si je le fais comme tu dis, tu ne seras bientôt plus qu'un tas de cendres.

— Que se passe-t-il? demande le Sensei en entrant précipitamment dans le hangar. C'est

dehors qu'on se bat, pas ici!

— S'il vous plaît, Sensei! intervient Takeshi. J'ai un plan. Je crois que nous pouvons les vaincre!

Et avant que Sensei Keiken l'interrompe, il enchaîne :

— Le Venin foudroyant a fait griller le Traqueur titan en retournant l'impulsion électromagnétique que j'avais envoyée. C'est pour ça que j'ai perdu. J'ai ensuite compris qu'une façon de vaincre ce monstre de métal serait de drainer toute l'énergie d'une de nos machines de combat et de la lui envoyer d'un coup.

Une décharge tout près fait trembler la forteresse.

— Le Venin foudroyant a un point faible, juste sous le poste de pilotage, ajoute rapidement Takeshi. Le blindage est aussi épais qu'ailleurs, mais c'est le seul endroit où les canons ne peuvent pas nous atteindre. La seule chose dont on doit se méfier, c'est du tir des lasers à main des Drones de fer qui sont installés sur les pattes.

— Et alors? dit le Sensei. Tu auras quelques secondes, tout au plus, sous le poste de pilotage avant que le Venin foudroyant se remette à bouger.

— Un tir de canon laser, lâche Takeshi. Je n'aurai le temps que d'un seul tir. Si je réussis à canaliser chaque petite trace d'énergie du Traqueur titan dans un seul tir, alors nous avons peut-être une chance. Imaginez : toute l'énergie des armes, des déplacements, la moindre trace. Bien sûr, ma machine de combat sera fichue après, mais si cela fonctionne…

— C'est fou, déclare Hikaru. Tu vas te faire tuer.

— Non, tranche le Sensei. Son plan peut réussir.

— Dans ce cas, laissez-moi essayer avec la Guêpe furtive, dit Hikaru. Le blindage est intact. Le Traqueur titan tombe en miettes.

—La Guêpe furtive n'est pas assez puissante, réplique Takeshi.

Le Sensei réfléchit rapidement et déclare :

— Ryo, finis tes réparations sur le Traqueur titan. Prends une équipe avec toi s'il le faut. Hikaru, monte dans la Guêpe furtive. Je veux te voir dans les airs!

BOOOUUUM!

La forteresse est secouée par une décharge du Venin foudroyant. De la poussière et des

fragments de pierre tombent du plafond du hangar. On peut déjà entendre les cris des pilotes EXO-FORCE et le bruit strident du laser.

— Tu as intérêt à faire vite, Ryo, termine le Sensei.

CHAPITRE 5

Le temps qu'Hikaru s'envole de la forteresse, à bord de la Guêpe furtive chargée à bloc, la situation est passée de mauvaise à désespérée. Les défenseurs EXO-FORCE ont été repoussés contre les murs de la forteresse. Les pilotes s'accroupissent derrière les carcasses fumantes de leurs machines de combat et ne se battent plus qu'à l'aide de leurs lasers à main. Le Venin foudroyant a traversé le pont Tenchi et tire à volonté, essayant d'ouvrir une brèche dans la barrière principale de la forteresse.

Du haut du ciel, Hikaru aperçoit Meca One dans le poste de pilotage de l'imposante machine de combat. C'est lui, le robot qui est la cause de tant de souffrance et de destruction. Hikaru a bien envie de faire plonger la Guêpe furtive et de s'occuper lui-même du robot doré. Mais il a promis au Sensei et à Takeshi de s'en tenir au plan.

— Hé! tête de chrome! crie-t-il dans les haut-parleurs de sa machine. Plutôt joli, ton insecte de métal! C'est trop bête : j'ai oublié ma tapette dans mon autre machine.

Meca One lève les yeux vers la Guêpe furtive. Le Venin foudroyant recule et pointe ses canons laser vers le ciel. Feu! Comme prévu, Hikaru esquive l'attaque.

— Belle armée que tu as là! ricane Hikaru. Je pourrais vous vaincre tous à l'aide d'un ouvre-boîte!

L'écran du détecteur de la Guêpe furtive se met à clignoter. Une demi-douzaine de Vautours brûlants approchent à grande vitesse. Hikaru envoie un signal à Ha-Ya-To, qui se trouve à bord de la machine de combat Défenseur de porte. Ha-Ya-To quitte immédiatement le combat dans lequel il était engagé et guide un escadron de pilotes vers les Vautours brûlants, ce qui permet à Hikaru de se concentrer sur le Venin foudroyant.

Meca One continue à tirer sur la Guêpe

furtive, même s'il sait que les humains ont des
systèmes de repérage informatisés pour éviter
les tirs. Mais quand les humains échappent à
une arme, ils deviennent de bonnes cibles pour
une autre. Le doigt de métal de Meca One appuie
sur un bouton, ce qui active le lancer d'un disque
d'énergie. Le disque fend l'air en formant un

grand arc, en direction de la Guêpe furtive pour une attaque de côté.

Hikaru aperçoit trop tard l'objet qui arrive sur lui. Le disque frappe sa machine de combat et se colle par magnétisme sur le blindage. Meca One essaie de griller la Guêpe furtive! Le disque déverse de l'énergie dans tous les circuits de la machine d'Hikaru. Le jeune pilote sent déjà l'odeur des câbles qui commencent à fondre.

Tout ce qu'il me fallait, se dit Hikaru. *Une machine de combat grillée.*

Il jette un coup d'œil au sol. Le Traqueur

titan avance vers le Venin foudroyant, couvert par d'autres machines de combat EXO-FORCE. Il faut distraire Meca One pendant au moins une minute de plus. Cela signifie que la Guêpe furtive doit rester en l'air.

Désespéré, Hikaru met en marche l'électro-sabre de sa machine. Il frappe le disque dans l'espoir de le déloger. Il réussit, mais à quel prix! Le disque se détache en emportant avec lui une partie du blindage de la Guêpe furtive. Il suffirait maintenant qu'un robot tire sur les circuits exposés de la machine pour que celle-ci prenne en feu et tombe en piqué.

— Bel essai! lance Hikaru à Meca One. À présent, tu me dois une nouvelle machine de combat! Remarque, je pourrais peut-être m'en faire une à partir des restes de ton araignée!

Tout en bas, comme prévu, Takeshi a réussi à placer le Traqueur titan sous le Venin foudroyant. Pendant que les autres pilotes EXO-FORCE tirent sur toutes les machines de combat qui s'approchent trop près, Takeshi pointe le canon laser du Traqueur titan directement sous le poste de pilotage du Venin foudroyant.

Takeshi appuie sur le bouton du panneau de commandes qui permet de canaliser toute l'énergie de la machine de combat dans le laser. Cela ne prend qu'une fraction de seconde. À présent, le Traqueur titan n'a plus aucun moyen de communication, ne peut plus bouger et ne peut plus utiliser d'autres armes que son canon laser. Takeshi n'aura droit qu'à un tir sur le Venin foudroyant, après quoi, sa machine sera complètement impuissante.

Voyant que Takeshi est prêt, Hikaru, dans la Guêpe furtive, descend du ciel en piqué tout en tirant des décharges ultrafortes avec son fusil laser. Le Venin foudroyant riposte de toutes ses armes. Comme prévu, le Venin foudroyant est trop occupé à viser la Guêpe furtive pour remarquer le Traqueur titan.

Allons-y, se dit Takeshi en activant le canon laser.

Il y a un grondement sourd, un éclair de lumière, puis... plus rien. Cela ne fonctionne pas!

— Super! Vraiment super! rage Takeshi. Je ne peux même pas détruire ma propre machine

de combat quand j'en ai envie!

Il ouvre le panneau de commandes pour voir ce qui ne va pas. L'un des câbles réparés par Ryo s'est défait. Takeshi s'affaire à le rebrancher pendant que le Venin foudroyant repousse la Guêpe furtive de toute la puissance de ses canons laser.

Ça y est! Takeshi croise les doigts et active une nouvelle fois le canon laser.

Une décharge d'énergie pure en sort, plus puissante que tout ce qu'on a pu voir durant le conflit opposant les robots aux humains. Le tir touche sa cible. Il perce le blindage du poste de pilotage du Venin foudroyant, détruisant les circuits et brûlant les commandes. Le Venin foudroyant fait une embardée et manque de se renverser. Deux Drones de fer postés près du poste de pilotage chutent et heurtent durement le sol.

— Yahou! crie Takeshi.

Il a complètement détruit l'un des canons laser du Venin foudroyant. De la fumée se dégage d'un deuxième canon qui tourne en vain d'un côté à l'autre.

Dans le poste de pilotage, Meca One évalue les dommages. Les systèmes d'attaque sont détruits à 96 %. Le blindage est percé. Les détecteurs sont coupés, comme tout le système de ciblage et tous les moyens de communication. La seule chose qui fonctionne encore, c'est le groupe propulseur qui permet au Venin foudroyant de se déplacer.

Le robot doré jette un regard à la forteresse de Sentai, si près de s'écrouler. C'est alors qu'il est témoin de quelque chose de remarquable. L'équipe EXO-FORCE, blessée, abattue et sur le point d'être totalement vaincue, reprend soudain courage. Des pilotes grimpent à bord de machines de combat à peine en état de fonctionner et s'efforcent de repousser les attaques des robots. Des tireurs juchés sur les murs de la forteresse dégagent leurs armes des débris et se remettent à tirer. Les humains ont trouvé un second souffle et sont en train de forcer les robots à battre en retraite!

C'est logique, conclut Meca One.

Le Venin foudroyant ne peut pas continuer à se battre dans cet état. Il a besoin de réparations majeures. S'il reste de ce côté-ci du pont, il sera détruit. Meca One ne ressent ni regret ni colère. Son unique préoccupation, c'est que les humains ont trouvé une faiblesse au Venin foudroyant. Il doit retourner immédiatement sur le versant sud de la montagne pour régler ce problème.

Ensuite, la forteresse de Sentai sera anéantie, songe-t-il.

Le Venin foudroyant recule d'un pas de géant, manquant de peu d'écraser le Traqueur titan. La Guêpe furtive plonge derrière l'énorme machine et lui lance quelques tirs de fusil laser, pour riposter. Hikaru s'apprête à poursuivre le Venin foudroyant lorsque la voix du Sensei retentit dans ses haut-parleurs.

— Laisse-le partir, Hikaru, dit-il. Ramène Takeshi. Ah, oui… bon travail.

光　光　光

Le combat est terminé.

Voyant le Venin foudroyant reculer, le reste de l'armée des robots comprend qu'il est temps de battre en retraite. Les robots avaient tellement confiance en la puissance du Venin foudroyant qu'ils n'avaient même pas planifié de stratégie en cas de défaite.

Tous les pilotes EXO-FORCE savent qu'ils ont bien failli être vaincus. Ils se dépêchent d'ériger des barrières temporaires et de réparer

les machines de combat et les canons installés en haut des murs de la forteresse. Par chance, tous les membres de l'équipe EXO-FORCE sont vivants – bien que certains le soient à peine –, mais plusieurs pilotes devront se passer de machines de combat pendant un bout de temps.

La forteresse aussi est en mauvais état. Il faudra plusieurs mois, peut-être même une année, pour la remettre à neuf. Et là encore, comme l'a fait remarquer le Sensei, le Venin foudroyant reviendra, et la violence et les combats reprendront. L'équipe EXO-FORCE doit trouver un moyen de vaincre les robots d'une façon totale et définitive... et elle doit le trouver rapidement.

光　　光　　光

Le Sensei convoque Ryo, Ha-Ya-To, Takeshi et Hikaru dans ses quartiers.

— Je veux vous remercier tous les quatre pour votre bravoure et votre habileté, commence le chef de l'équipe EXO-FORCE. Sans vous, nous ne serions plus ici, aujourd'hui.

Les quatre pilotes sourient, mais ne prononcent pas un mot. Ils savent que le Sensei a autre chose à dire.

— Nous avons bien des exploits à célébrer, ce soir, poursuit ce dernier. Mais dans une semaine, un mois ou un an, les robots vont revenir, probablement avec des armes encore plus puissantes. Nous devons être prêts à les affronter et à les vaincre. C'est pourquoi je vous ai convoqués ici. Vous êtes sur le point d'entreprendre la mission la plus importante de votre vie.

Le regard du Sensei passe d'un pilote à l'autre. Ils sont tous courageux et déterminés à

vaincre les robots.

— Il est temps pour l'équipe EXO-FORCE de déployer une puissance qu'elle n'a jamais atteinte auparavant, déclare le Sensei Keiken. Il est temps de trouver... la Cité d'Or.

Tard dans la nuit, le Sensei parle à ses pilotes dévoués d'un lieu de pouvoir légendaire. Avec l'aube viendra le début d'une ère nouvelle pour l'équipe EXO-FORCE, une ère remplie de dangers terrifiants, mais aussi d'aventures toujours plus extraordinaires.

Pour le moment, ils ont remporté le combat du mont Sentai... mais la guerre est loin d'être terminée.